Coordenação editorial: Pedro Lago e Pedro Rocha
Diagramação: Anna Dantes, Pedro Lago e Pedro Rocha
Revisão: Autor
Fotografias: Luis Andrade

1. Porta principal, de Ludovico Pogliaghi (1894-1908). Catedral do Duomo, Milão, 1988. (capa, páginas 1 e 68/69.)
2. A morte de Dido (*La mort de Didon*), de Augustin Cayot (1709). Petite Galerie de LAcadémie, Museu do Louvre, Paris, 1989. (páginas 19, 22/23, 33)
3. Diana caçadora (*Diana chasseresse*), de Jean-Antoine Houdon (1790). Galerie de Grands Hommes, Museu do Louvre, Paris, 1989. (páginas 42, 47 e 54).
4. Francos franceses. Rue Humblot, Paris, 1989. (páginas 76/77, 78/79, 80/81, 82/83, 84/85)

Sopro de pó vermelho: Ava Parr (capa, páginas 33 e 71)
Desenho em rolha queimada: Daniel Castanheira (página 90)
Foto do autor: Adriana Schneider
Logotipo da coleção: Lili Kemper
Impressão em offset: Papyrus Gráfica e Editora
Impressão em serigrafia: Alternativa Serigrafia
Costura: PRJ Encadernações e Acabamentos Gráficos Ltda.
ISBN: 978-85-86488-41-2

O selo LábiaGentil é o encontro de
Pedro Lago, Pedro Rocha,
A Gentil Carioca e Dantes Editora,
inspirados por Waly Salomão e Ericson Pires.
Impressos quinhentos exemplares nas gráficas
da Zona Portuária do Rio de Janeiro.

CORTEJO

PEDRO LAGO

Fotografias e Intervenções
LUIS ANDRADE & AVA PARR

Índice

O que é bom é sempre desejável
Feliz é quem pode escapar à morte
em pleno mar e chega vivo ao porto!
Feliz é quem consegue superar
as provações ao longo desta vida!
Alguns seres humanos vencem outros
em ventura e poder. São incontáveis
os míseros mortais, e incontáveis
as esperanças que eles acalentam.
Alguns chegam sem dúvida à riqueza,
mas para a maioria nada resta!
Consideramos bem-aventuradas
as criaturas que sabem gozar
toda a satisfação de cada dia!

EURÍPIDES, AS BACANTES

evoé
e
voe!

O Cortejo

para Ericson Pires

Uma vez o corpo frágil
na tormenta, vem essa
necessidade de correr
para dentro do trovão,
para o limite do discurso
onde há risco.

A sobrevivência dos que sangram
e gozam ao mesmo tempo,
a lágrima da quarta-feira de cinzas,
o amor que se esculpe
na embriaguez virtuosa das madrugadas.

O cortejo dos sátiros descendo
a ladeira de Santa Teresa
às sete e meia da manhã.
Tudo suspenso diante do constante
esplendor da pele
e das línguas em coro.
Viver para isso
e nada mais.
Seguir
entre
sopros
beijos

ritos fatos
dores danças
danças danças danças

e não valer nada,
nem o poema

talvez o riso
o mesmo corpo frágil no entusiasmo
na vertigem.

O que nos restaria?

Esse animal que se liberta,
esse perfume que preenche,
esse fio que queima.

Sim!
Entre um gozo e outro
viveremos,
entre um vazio e outro
respiraremos,
e perante um crepúsculo qualquer
morreremos cantando.

Anarquistas Coroados

E lá fomos nós.
Percorrer os arredores
do cinema Odeon.
Lá onde um velho
pedia água no botequim
e o batalhão silenciava
em segredos.
Lá onde a luxúria escorria
pelas mesas do hotel para
solteiros e a Lapa começava
a ferver em utopias.
Lá fomos nós.
Na gênese de pequenos universos
que se entreabriam nos detalhes.
Passo a passo pela madrugada,
que nos oferecia um gosto amargo
e era bom e crescia.
Lá onde as imperfeições
junto aos odores das calçadas
formavam uma ópera de espantos,
um drama da desgraça
e da beleza das vísceras.
Seguimos entre sons e rutilamentos,
pelas luzes das barracas
e os bares cheios.

Tropeçamos nos meios-fios,
rindo dos problemas,
como quem se liberta
das masmorras.
E nos embebedamos como
dois bárbaros exaustos,
trincando copos,
fora do veneno,
dentro do grito,
na coroação da
nossa anarquia.

Papiro

As provocações das faíscas,
olhos de mulheres pintadas
de laranja, tecidos que
propõem possibilidades,
esses lugares novos nos
domingos ensolarados,
as definições e os nadas.

Jogar-se aos exageros
mesmo que por uma
noite e ferir a pele com
lâminas enferrujadas.

Não há respostas no
bailar das folhas,
não há desenhos dentro
dos baús. As pedras
viraram bolas de fogo
quando ultrapassaram
a atmosfera, e muitos
pensaram que se tratava do fim.

Silhueta

Sou amálgama de provocações
que se costuram na superfície lisa
do meu peito por vezes vazio.
Ausência de substância, sumo, odor
de tinta sobre minha nudez opaca.
Sou esse que imita e se perde nos
desejos, o que sorri e busca o erro,
o desequilíbrio, o gozo simples de
um dia nublado, cansado do excessos,
das frases ouvidas pelas esquinas,
pelo som que evapora longe.
Sou vento frio do sábado
travestido de abraço.

Andarilho

As vozes além da neblina guiam meus passos.
Talvez, tenha conhecido algum desses
cujos corpos restam pelo caminho.
Os nomes em pequenos papéis
nas botas deixadas para trás, gastas, inúteis.

A morte apaziguou os viajantes.

Aqui, apenas a memória do corpo,
o sono, sono,
as pernas tremem
sucumbir sucumbir sucumbir
mas...
a subida...

Pinheiros, pequenas flores entre limos,
cantos de desconhecidos lado a lado, estrelas

Tudo cresce dentro da noite,
e o topo está longe,
mas o topo também está próximo.
O barulho das pedras, insetos,
um ou dois riscos no céu e

Tudo é alma e tudo é noite.

Amo tudo como amo o menino que fui
e caminho por entre fendas iluminadas
pela oitava lua do ano.

Não há mais ninguém,
apenas eu e o princípio,
apenas o tempo e algumas
folhas no caminho,
apenas a noite e uma
pequena lágrima,
estou indo
estou indo
a bandeira nas mãos,
o carvão,
a folha,
e sem mais nada vou,
entre os reflexos dos olhos
dos felinos nos arbustos,
sobre a terra seca da montanha.

O topo se aproxima,
mas não voarei.
Quero ficar no chão
com os animais da terra,
quero o chão e o fedor das roupas,
quero o chão e o bater dos bambus,
quero o chão
esse chão
sobre o chão
e para o vento.

Sonho

Por dentro das aldeias passei, e vi danças do plantio fazerem nascer musgos violetas nas raízes das grandes árvores. Vi estátuas, liras de cipó, ervas esmagadas cujos aromas experimentei. Vi sairem da terra animais multicores que se transformavam em alaúdes. Vi as horas das manhãs produzirem um prisma laranja e a música ser o único fio dos que dançavam e caíam extáticos no solo. Graves vozes ditavam com violência a ordem do prazer seguidos pelo desejo de sentir a carne ferver em bolhas excitantes. Havia pássaros com asas de prata que refletiam a lua nos olhos dos que se deslumbravam, e as taças de barro e os desenhos nas peles de búfalos estendidos em volta do grande ídolo. E a vontade de chorar, a pulsação dos corpos unindo-se nas cabanas. Urros, urros, urros de mulheres e homens e o fogo que esquentava os ossos até o êxtase absoluto. Eu vi tudo isso como quem se lembra do parto, do temor da treva ainda virgem e do arrepio do corpo nu no primeiro vento da manhã.

Quarto Movimento da Nona

Raios atingem a superfície
das rochas, incendeiam árvores
enquanto o trovão rasga o céu
e anuncia a entrada do grito.

(silêncio)

Só o Titã se exprime. Sua voz ecoa
pelos vales escuros castigados
pela tempestade que cresce e
precede a ideia do fim de tudo.

Outras vozes assumem os traços,
fazem vibrar a terra estuprada.
Formam um mosaico de apocalipses,
signos e ordens que grifam
elementos, origens, origens
das coisas, do que está por trás
dos sons, do que sustenta
a fronteira da medida.

Ventos arrancam o que está de pé.
Tudo vira poeira e lama,
lama rolando encostas, rios.
As vozes continuam a dizimar
o frágil cenário, até que um
estridente grito silencia

.

..

.

..

uma flauta, silente,
levita sobre o espaço dizimado,
a terra em ruínas, percorre os
escombros, os caules sem seiva.
O céu, aos poucos, mostra sua face
azul. Criaturas ocultas, todas elas,
saem dos refúgios, e num crescente
de cores, recompõem a devastação.

As vozes voltam, mas o tom
se transforma. Elementos que unem,
suavidade nua, ausência de risco,
é o retorno do equilíbrio, da composição
do que antes permanecia. O silêncio recebe
ruídos, e são esquecidos os distúrbios,
os titânicos estertores da destruição.................
....
....
...........talvez...........por.......séculos...........................
.............segundos.................de..................................
...paz..............mas......................até quando?

Olhos e Sombras

Através da fechadura
um corpo nu deitado
na grama. Espio.
Miro a parte mal iluminada
pela vela que arde.

(noite)

Odor de cinzas
que vem de longe.
Ainda vejo restos de
fumaça atravessar
os postes quebrados.

(onde?)

Não lembro. Apenas
a imagem de uma placa
perfurada e uma coruja.

Despido. Caminho
em busca de fúria,
alguma luz vermelha,
um rádio aceso.

Os tornozelos sentem
os tijolos quebrados
e os olhos do gato
refletem os faróis
dos automóveis.

(tudo e nada)

Restos de papéis,
uma oferenda.

No extenso matagal,
o balé dos capins
gigantes e nenhum
grito de socorro.

A cena termina em
frente a uma cerca
com um pequeno aviso:

O DESTINO É CONVENIENTE

Lord

para Luis Andrade

Contemplar a imensidão
tempestuosa das nuvens
como fez Caspar David.

De pé. Elegante. Toma
posse da totalidade
do profundo assombro.

Não há fios para
sustentar o sublime.
Nada o sustenta.

E mesmo...
o corpo
o corpo
o corpo
que
gera
conduz
tece
corta
fenece
e
paira...

De lá ele não saltará.
É todo o desejo do
homem suspenso na
pedra acima do anseio.

Calmo como o vento
que o respeita,
pertence ao que
contempla. Dialoga
com elementos,
janelas quebradas,
com o tempo esquecido.

Solene. É o superlativo
instinto de ser mais
ao apreender
terras distantes.

Paralelepípedos da rua Luis de Camões

O corpo esvazia
e busca mais cor.
Sentir a pele roçar
na palma ressecada
e úmida após
libertar-se do bolso.

Ela dança

Motivo de calores.
Odor oculto que guarda
debaixo da saia rasgada.

A unha puxa, clama, traz
o peso para si e respira.

Ela foge

O tumulto surge e traz
mais desejos.

Agora rumo ao nada.

Lá, a carne treme novamente.
Olhos pedintes (talvez mentissem)
se abriam para o corpo
cansado das horas.

Tarde para saber

E aquele frio,
o rádio cuspindo violinos

e a garganta seca.

Ruído

Ruptura da ordem
que se despedaça e vira pó,
lascas de tinta sobre a mesa,
pequenos pedaços de potência
                                        para as alturas.
Bailarinas que se inclinam
                    e quase tombam,
touros adormecidos
recém chegados do exílio.
          Elegância dos tecidos.
O cruzamento do tempo
através dos erros e riscos
que trazem vertigem
à tarde fria que se estabelece
no corpo em convalescência.

E a dor ainda inaudita
face ao imenso oceano
de possibilidades,
captadas pelas sondas
do encouraçado,
                         peixe de metal
                         varando marés
ferrugem nas correntes
                                   guiado pela mão
          calejada que silencia
e massageia o regozijo de recentes
perfumes...

mas... tudo... poderia
ser descrito de outra forma
mais bucólico jardins
flores vermelhas
talvez uma cítara ao fundo
todos descalços e felizes sob o luar
que reflete as lantejoulas dos vestidos
e ramos de prata nos cabelos soltos.

Ah!
O sabor que desperta
o voo do corvo inexistente
nos trópicos
a palavra dita
como a pele lisa do golfinho.

Do profundo oceano
o céu em movimento,
raios formando cortinas,
estrelas borradas entre
os anzóis dos barcos

e dentro deles
os mesmos
corpos compondo-se no sal,
no constante gozo da paciência
que como num cortejo indiano
conduz o receptáculo
à margem do Ganges.

Interseção

O Estado encoberto por
uma imensa nuvem,
monstros esfomeados voam
buscando buracos para existir,
a resistência bélica do punho
que conduz a lança,
gritos, gemidos, dor, assassinatos,
desejos arcaicos na entropia
do apocalipse, despedidas,
barcos sumindo no nevoeiro
do mar escurecido.
A impressão de que tudo explodirá,
cornetas, meteoros, orgias nos
castelos cercados por muros
de diamante.
O extenso solilóquio do general
perverso, a lágrima das esculturas
rachadas e o silêncio das árvores
horas antes do amanhecer.

Treze de maio com avenida Paulista

para Vítor Steinberg

As estátuas dos deuses
dentro dos corredores
da pinacoteca de São
Paulo são opressoras.

Me olham como um inseto,
tal os edifícios da Paulista
que refletem a cidade
nos espelhos de cifras.

Ruas cortadas, despidas,
pedras que se estendem
sob os passos de quem agoniza.

São Paulo, cenário do
pensamento urgente,
do movimento prático,
do desejo indecifrável,
magnânimo presságio
do grito estridente.

São Paulo, formosa mãe
do leite amargo, bela
como a volúpia de Roma,
onde ardem os olhos
em sangue e riem os
sub-universos brotando
entre as taças que libam
suas luzes em cantos de glória.

Espanto do Espanto

para Pedro Rocha

Perceber o peso contido
dentro do silêncio, quando,
levado pelo impulso
primitivo do intangível

e rasgar-se no golpe da
lâmina, que invade
as intimidades
e grita e sucumbe à força
que se propaga nas
feridas das vozes,
dos balbucios de si
para o papel e do
papel para o mundo,

sem piedade

apenas a voracidade dos
golpes, nos exageros,
nos crepúsculos sem luzes
ceifando as horas na síntese
dos métodos, diante do concreto
robusto da presença.

Eis a potência exposta, o nervo,
eis o estrondoso grito
que se transforma em vento.

Fumaças Invisíveis

A postura descortina a face
azulada na pele da lupa.

Luz que vira fogo
atravessa o galho
e faz do obtuso
a brasa.

Vento vento seco
cresce o emblema lume.

Linha de fumaça na despedida
a fazer do instante
traço grosso.

Marca do dedo de barro
na pedra lisa
do muro fatigado

Depois do lenço rasgado
da forma inacabada
a matéria ansiosa
pura e saborosa
clamando ser profanada.

Antes

É sempre no passado aquele orgasmo
CARLOS DRUMMOND DE ANDRADE

Sempre essa fossa
marcada puída

Sempre esse rasgo
cansado desiludido

Sempre no corpo
a marca usura o ruído

(no entanto)

Dentro dessa sombra
fria azul esquecida

A tinta ainda pura
afastada distraída

E através da escrita pesca
anzol desmedido

A vontade anterior ao contato
movimento reunido.

A Poética do Instante

Contorcia-se no espaço negro
coberta por substantivos
que existiam no gesto nu.
Seu corpo era potência
erigida do leve ao rígido
talho na superfície.
E contorcia-se no absoluto
nada que se movia. Era corpo
conceito, corpo erguido
na poética do instante, dentro
do movimento movendo-se
nos sulcos que luciluziam
entre as sombras tímidas
do corpo máquina em gozo.
E sobrepondo-se ao peso
que tomba a vida, desfez-se
em vontades e perfumes
ao tingir de rubra tinta
a pele de alívios maduros.

Fios e Barbantes

para Patrícia Niedermeier

E quantas voltas na sala
unidos
pelo pulso
ar
sopro
na
boca.

Abraços costurados
em agulhas de música
degraus que levam ao paraíso
(todos eles)
medo de subir
na certeza do
esplêndido.

E quantos saltos
no tapete de setas,
dedos feridos que sustentam
a estupefação e petrificam.

Cisnes, literatos, floretes
que atravessam séculos
páginas que escravizam instantes.

Esse fascínio pelo
mergulho no outro,
no organismo que
compõe o silêncio
entre notas.

E quantas voltas na sala
pés
encontros nas areias
que selam algo delicado
sem nome
tudo arde.

Canção dos Lençóis

Eram os desenhos espalhados
em tua pele e o gosto de
cachaça em nossas línguas.

Era teu corpo despido
virando,
e tua mão no meu rosto
estalando.

Eram teus olhos negros fechados
gostando,
era teu ventre salgado
indo e voltando.

Era a suíte para cello de Bach
tocando,
era teu sono resistindo,
eu, implorando.

Era teu corpo quente
escrito esculpido,
era a noite que tudo assistia
sorrindo e sugando.

Sal

Como se esfregasse
os dedos em teus lábios
e tua boca os engolisse
para que em ti entrassem
quentes escorrendo por
entre os seios suados
forte odor nos corpos
a impregnar nossas vozes
querendo unir o membro
inflamado e as róseas fendas
entre tuas pernas magras
que sentem as batidas dos
quadris neste castigo por
seres tão bela e lisa tua
pele úmida marcada pelos
meus dentes e tuas unhas
em mim ardendo mais e
mais e gotas que acentuam
a dor dos teus olhos cerrados
dizendo que me ama.

Brilho

Talvez fosse o mar, apenas.
Esse nada dizer entre risos,
essa vertigem a despedir-se
na névoa que se dissipa
aos pés da madrugada,
ou simplesmente nada.

E trazer consigo o sabor
do maracujá, o café puro
e o dizer bobagens em
passos sem destino.

Não sei se era isso,
ou apenas você sorrindo.

Visão

para Nana

Quando enfim a tarde
penetrou meu peito
frágil, lembrei de ti
com os olhos fechados.

Pouco acima disto
que me impregnava
segundo a segundo,
um campo de petúnias
e um jovem pé de tangerina.

Estavas sentada, sorrindo
aos pássaros que te cercavam,
enquanto a mesma tarde
enlaçava meu corpo e me
conduzia às tuas grutas.

E da ruína o eco
permeava os espaços
que me excitavam e me
causavam dor nas manhãs,
e me expandiam e me impregnavam
com sabores e gozo e cheiros,
e me revelavam o que havia
no fundo do lago de carpas vermelhas.

Dama

Envolta em trajes
de seda rasgada,
a sexta feira
resiste no corpo.

Percorreu os relatos
da madrugada, onde
flores pisoteadas
esmoreceram no solo.

Cidade sob nuvens,
fadiga nos olhos,
lágrimas que permanecem
onde nascem as palavras.

Sair da lama
  que envolve os pés,
      pernas nuas
              que tremem,
o sol esboça um sorriso,
                a sexta feira resiste,
      é plena como a superfície
                    da madeira perfurada
      por insetos, marcas de outros
                    dias, outras nuvens,
        mas, hoje, não há nada,
apenas experiências e fotografias.

Rua dos Oitis

Tarde pacata, sem cores,
tons de branco sobre as
árvores reunidas no alto
da Gávea.
Não há pressa
na esquina dos bares fechados,
no restaurante vazio.
O silêncio traz suposições
a quem sente a existência
apaziguar a lembrança.
Planos para mais
tarde, amanhã, trinta anos.
A sucessivas investidas para
entender a vida tal como se
apresenta e ignorar as origens.

Me despeço desta mesa
e destes segundos que
jamais voltarei a ver.

Tronco

para Botika

Todo esse aconchego
cálido
néctar que lambuza
quando junto
flor entre sucatas

e esse desequilíbrio
necessário
a teu fundamento

despetalar-se
diante de tua
égide contorcida
          que nunca tomba
e cresce
        como tudo
            que te rodeia
                              cresce

assim
sem jeito
    forma
    nome

entranha como sereno
e semeia os limites
    até tudo virar
um grande jardim de picolés.

Talvez

Não era isso.
Em absoluto, não era nada disso.
Poderia ser os olhos dos transeuntes
ou o trompetista da esquina, mas não.
Viu duas ou três famílias atravessarem a rua
e uma lua amarela surgindo ao fundo.
Assombrou-se com um rapaz que fedia
e reconstituiu-se diminuindo os passos.
Estava com fome, mas não tinha pressa,
também não era a ideia de morte
exageradamente germinando nos cílios
do sonho. Talvez visse algum sentido
nos acontecimentos, ou pressentisse
algo que viria, mas seus tormentos
Fadiga das pernas, sorriso de espanto
ao fitar olhos verdes que se perdiam pelas ruas.
Falava aos estranhos despertando curtas alegrias,
mas não sabia o que era, não sabia.
Admirava a intimidade das moças no café
enquanto pensava em tudo com a mesma
leviandade de um adolescente embriagado.
Faltava-lhe algo, mas não sabia o que era,
em absoluto, não era nada disso.

Jangada

Era uma jangada afastando-se da pequena ilha em direção ao imenso azul. Não mais planavam as gaivotas, era um corpo adormecido à deriva. Anoitecia. Pensara ouvir um ruído vindo do fundo. A boca seca, a saudade da terra Não! Lá não poderia mais ficar. Tudo se esgotara, viu-se só. Não mais tinha substân cia que produzisse lágrima, apenas o frio o acompanhava, tal vez uma corrente, ou Vênus. Adormeceu. Despedia-se da vida. Silêncio. O berço, os brinquedos, sua mãe jovem sorrindo, seu pai, o calor, os beijos. Silêncio. Escurotudo estava escuro Ao acordar, um velho sorriu: Calma filho, nós te encontramos, te demos água, somos pescadores, tudo vai ficar bem agora

Algo

Os papéis sobre a mesa de madeira
e a fumaça do incenso a se desfazer
na lamparina de prata.
Acabou o nanquim,
escreverei com tinta vermelha.

Longe do susto, o motivo é banal,
quase inútil, mas a sombra dos livros,
as fotografias, algo parece querer cerzir
objetos, elementos, e por isso, não resisto.

O Poema

Queria saber o que haverá
no fim desta página quando
me der por satisfeito e deixar
de lado a caneta preta e sentir
talvez por um segundo algo
perto da plenitude que surge
ao término de um poema que
se considera bom para ser lido
por alguém interessado em
poesia ou risco de ser tocado
por algo que esteja aqui escrito
vindo de alguma parte do que
vi e senti e lembrei e que de
alguma forma ficou aqui na
memória do meu corpo
misturado com as coisas que li
e ouvi no dia de hoje ou cinco
anos atrás entranhado entre
ossos e frases tantas que
habitam o lugar onde tudo
é possível e muda constantemente
com as entradas de novos sumos

e expelidas através de poemas como
este que talvez os olhos de alguém
acompanhem até chegar no ponto
que posso chamar de final mas
é apenas parte de uma reticência
que precede o próximo poema
a ser desembrulhado de algum
lugar passando por essa mão
esquerda até pedir que outro
continue o caminho.

Punição

Nas galés do bojo miasmático,
dentro do núcleo incandescente,
nos restos das oferendas dos
altares cercados por canaletas
de sangue coagulado,
há um escravo que lavra
as letras dos nomes
que emergem lado a lado
e conduzem os corpos
dos visitantes aos lugares
compostos pela mesma
substância desprezada e inútil
a que os olhos se fecham
quando afetados pelo
tenebroso grito antes
do mergulho.

Marcha de Martelos

para Tavinho Paes

Esse mundo de riscos
paranóicos escondidos
dentro dos corpos
vazios ébrios malditos

a tentativa e o erro de
conseguir sair de si
gritar ao mundo gritar
gritar sem cair
                    quem somos
no caos urbano
               multidão sem farda
     ilustres civis cujas vidas
implodem e despedaçam

          catedrais de carne
palácios de sangue
                         tudo que une
desespero de servir
somente servir ao amor
das coisas simples
mesmo que dentro das
pinturas a óleo

valiosas no mercado
de pulgas

desordem de valores
tudo no lugar agora
(ou fora dele?)
o que fazer então com tanto
anseio pela vida?

glória sobrevivência
garantir-se na própria existência
estaremos prontos para
um novo começo?
ou
continuar
a curva
do antigo
começo?
talvez os jovens
esses que vêm e vão
muitos deles ainda
adormecidos

e nós? o que fazemos nós
quando temos o fogo nas
mãos? caverna caverna
aquela caverna fechada

longe da luz azul do dia
estalar os dedos e despertar
todos juntos sempre sempre
linha que se estende
para além dos números
desta vez conseguiremos
sim
a música
a marcha virá
potente
preenchida por sorrisos
...
mas
e quando
vier
saberemos
cantar?

O que o oráculo me disse

para Silvio Barros

A chama azulada surge
na escuridão nebulosa do
jardim de pedras.
Das covas saem
dragões rosas esverdeados
e comem flores que voam
sobre esferas que flutuam,
parecendo pequenos planetas.
Cinco árvores
se locomovem
feito imensos moluscos,
olhos e bocas com patas
correm em bandos gritando
para os raios que invadem
a água dourada do riacho,
onde um menino inquieto
transforma seus cabelos
em mechas de ouro.

Galos de jade,
morcegos de couro,
escravos de barro,
dançam bolero com
cento e vinte músicos
vestidos de bruxas.

A coruja da cerâmica
observa os pentagramas
na entrada da gruta
de onde saem
gemidos entrelaçados.

Mundo

As rédeas do Mundo
quicam e soltam faíscas,
o pelo do corcel enrijece
como suas mandíbulas
e a espuma pinga na pista
de pedra onde arbustos
queimam e deixam rastros
do trote desgovernado,
a fadiga envolve as patas
do possante, não há ninguém
no comando, segue por vales,
cerrados, cobras, ratos, flores,
lascas pisoteadas pelas patas
sem ferraduras do esbelto
animal, o vento perturba
seus olhos em lágrimas
a poeira, o orvalho, a fumaça

turva e úmida impedem
que ele veja para onde vai,
mas segue, tomba, lanha
o corpo nos galhos e espinhos.
Eis a realidade do cavalo
Mundo, corcel estrelado,
puro sangue miscigenado
nascido nas profundezas
cujas asas ainda não nasceram
    (talvez não nascerão)
Mundo não é unicórnio,
Mundo é cavalo brabo,
com milhares de carrapatos
vivendo em seu corpo
que o enfraquecem,
mas Mundo não desiste,
é forte como seus ancestrais
e segue o trote, potente,
obstinado, irreversível,
mesmo que suas pernas
não aguentem mais.

Létranger

Estamos vestidos de alfabeto e não sabemos o nosso nome

MURILO MENDES

O homem caminha sem
que nada o destrua.
O hidrante, o frio, a folha
em forma de coração
erigem um complexo
esquema de sinapses
que o mantém dentro
de uma cerca elétrica.
Preso. Não julga.
É observado pelas
senhoras da cafeteria.
Para em frente a um
papel rasgado. Percebe
o jornaleiro pasmo e
prossegue. É fitado com
a mesma estupefação,
com nojo, às vezes, e por
isso o consideram Estranho.

Alheio, causa raiva, espanto.
Sem nomes que o definam,
querem apedrejá-lo,
despedaçá-lo com ferramentas,
gritos que o tirem da inércia,
do impassível reflexo
que maltrata, corta
como papel novo.

Estrangeiro para uns,
Estranho para muitos.
é expulso das próprias
roupas, da ordem que
estabelece o movimento
acima do mapa das ruas
onde, até hoje, muito se
consideram seguros.

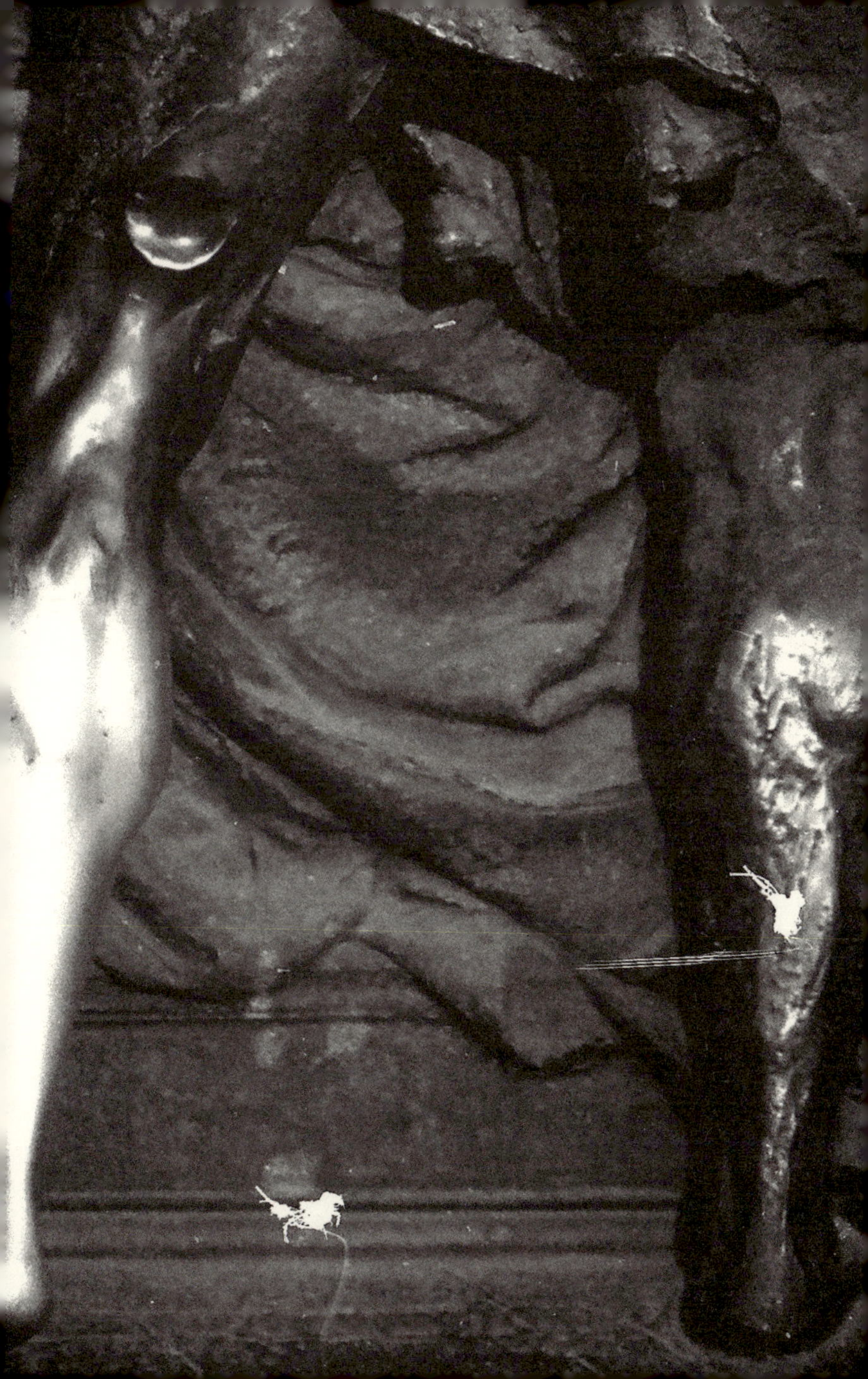

Capa

para Daniel Castanheira

Antes que o raio
atingisse o cume
do edifício,
saltou gritando
como o primeiro
machado do confronto.

Suicida sem capa,
logo, nada mais
se reconheceria
do corpo a espatifar-se
num chafariz,
                    água, restos
   de sangue,
pedaços de lata atados
na cintura,
                    nos pés,
panos pretos,
                              verdes,
  nos braços,
                              na cabeça.

Não importava
a origem do raio
que queimou
todos os andares
e trouxe a catastrófica
notícia.

Pois antes que o solo
celebrasse seu fim prematuro,
longe do alto
perto do chão,
enroscou-se no grito
ainda em movimento,
se desfez das vestes
pressionadas pelo vento
e virou música.

Daqui

Da mesa, o sabor dos segundos
        e os acontecimentos da tarde.

        Tudo é engrenagem:

Eu, o táxi, a xícara vazia, os sorrisos.
Microrrevoluções nas paranóias direcionadas,
signos que aceleram os motores, os remos,
a carcaça que não afunda, não afunda

        Eis o movimento!

Daqui, tudo parece normal.
Vozes ativas sussurando atos,
o que acontece no outro lado da rua,
na mesa ao lado, dentro dos sonhos

        Quem saberá dizer?

Levanto-me, entro na exposição
de propostas, muitos caminhos a ler,
inclusive o meu.
        A feira livre faz existir o domingo
                o que fazer?

    Vontade de rasgar o enorme biombo de papel
                mas não há pressa.

A máquina não deixa de funcionar,
é uma célula em crescimento,
como eu, a balconista do teatro,
o gato branco. Somos parafusos. Giramos
untados em óleo, viscosos e seguros de nossa função,
embora não saibamos
e quem saberá?
Talvez o rapaz que fez o caminho de Santiago,
lá dizem que Não! Ele não sabe. Ninguém sabe.
Do monge ao carpinteiro, são todos ignorantes,
inclusive eu.
O que fazer?

Espanto o tédio no caderno novo,
reúno o dia, o ontem, o agora,
o daqui a pouco. Embora aflito,
discuto com o poeta da noite passada,
talvez um dia me deixe levar,
concordar com as circunstâncias,
pois pensamos juntos o mesmo
mundo absurdo

Às seis horas da manhã
somos todos frágeis após
atravessarmos as horas que antecedem
o descanso, por isso, não me resta nada,
preciso dormir.

Deslumbramentos

O corpo é a última e única estância do agora

Ericson Pires

Apenas eu e o que vejo. Simples. Mas saber disso, conviver nesse espaço, é difícil. Vem a palavra, a linguagem, o discurso, o outro, e conceber o negro ao fechar os olhos e, neste micro-segundo, eu, o dono deste corpo, este que caminha e se per cebe, conceber que somente eu sei o que tudo isso significa. Sim. As montanhas estão no mundo, as construções, a relação do que se aplica com o que sempre houve. Os grandes homens dormiam e acordavam sonolentos, os discípulos os seguiam e os mantinham livres por qualquer palavra de deslumbramento. O mesmo deslumbramento que surge quando se nota algo íntimo numa árvore ou borboletas em círculos. Desconhecer as questões que levam à origem do sonho e sua sustentação ao longo dos dias, vidas, vidas, imitar a vida mesmo que por um instante. Usar todas as máscaras possíveis. Pois os becos não são confortáveis para quem não tem asas, ali obtem-se refúgio na súplica sincera, mesmo que efêmera. E com isso, ficar, de fato, feliz. Sim, como um menino que se levanta e corre, como o medo de saltar da pedra mais alta e espatifar-se no mar calmo de uma ilha. Pois muito se aprende nas enfermidades, pois muito se aprende nos instantes em que o corpo pede uma substancial noite de sono, como libertar-se da carne e ir enroscar-se no algodão morno dos sonhos. Sonhos. Sonhos. O interesse pela origem das coisas que trazem prazer e dão impressão de flutuação. Um, dois, dez que se permitem sorrir para uma possibilidade. As mãos dadas e o mundo ficando pequeno, pequeno, de cima tudo fica pequeno e vira desenho, vira cor apenas, e à medida que se afasta, o risco diminui, e somos incertezas que se propagam e viram luz. Mas nada disso realmente tenha alguma relevância, afinal, o que importa, mesmo, se o negro que surge quando fecho minhas pálpebras, só eu vejo?

Quatro Elegias

Elegia para
João Jorge Proença Vargas de Andrade

Talhado na madeira escura
de um quarto de tintas,
um quarteto de jazz toca
seu último número.
Entre o diálogo dos
sopros, nos sulcos do papel
manteiga, os braços ritmados
do baterista touro guerreiro
de estrela única. É só sorriso
de compasso a compasso,
atento à curva do joquei,
que ao lado, dispara na reta final.

É o meu tio primo amigo
mestre de beebop e judô,
na densa fumaça do cachimbo
preenchendo o sol que surge
na janela, onde, calado, vê o céu
das seis horas mudar o tom.

Carrega um livro velho
e rasgado dentro do bolso,
resolve equações do oculto
na obsessão da testa franzida,
pensando qual astrônomo
enquanto dialoga com
nuvens e signos, a tremeluzir
na face que se forma na
mesma madeira,
onde tudo se compõe.

Elegia para
Pedro Proença de Lacerda Lago

Sete cálices de licor italiano sobre a mesa
e a necessidade de estar sempre em cena.
Veias protuberantes nas mãos de ossos longos,
espelho impreciso de um possível fim,
e ainda, sete cálices sobre a mesa.

Como se não houvesse mais tempo,
como se fosse o último banquete,
último festim de sabores coloridos.

Tantas imagens cristalizadas nos olhos
cansados da fragilidade do exílio.
Palavras poucas ao lado da graça
inevitável nascida do trágico instinto,
síntese dolorida dos instantes de queda.
A queda.

Sangue virando tinta, ferida virando máscara
e a comédia que salva a história. O riso
afaga os tremores do corpo endurecido.

Palavras sempre redimem, e por isso,
a tragédia não se concatena na conclusão.
Não há conclusão.

Sete cálices de licor italiano sobre a mesa,
calma efêmera do afeto distante
e o desejo de seguir, impulsionar o corpo
para onde o dedo aponta, onde der,
onde for.

Mesmo que a memória seja escassa,
a palavra permanece, o líquido evapora,
o corpo apodrece, esconde-se na areia,
no concreto lapidado com letras de bronze,
mas a palavra, esta sim, sempre permanece.

Elegia para
José de Alencar Adnet Filho

Alegremo-nos, suspensas ingentes lâmpadas. E: Sobe a luz sobre o justo e dá-se ao teso coração alegria! - desfere então o salmo.

As pessoas não morrem, ficam encantadas.

João Guimarães Rosa

No início das noites, algo em mim despertava
e me fazia varar pelos corredores da casa
até me esconder atrás de um grande sofá.

Era a expectativa para o barulho da porta,
as chaves tombando na mesa e, enfim, tua voz.

Quando me dissestes (tarde) que teu maior desejo
era o de retornar logo ao lar, mal sabias que em mim
ocorria o mesmo fenômeno.
Tua camisa amassada,
tua bolsa verde cheia de surpresas,
eras a consagração do dia que terminava
dali em diante, nada mais me tirava de ti (nem o jantar)
e voltávamos ao polvo contorcido de nossos braços
que se entrecruzavam com os beijos que me davas
até que eu adormecesse sorrindo.

Certa vez (lembro bem) persisti na sustentação da bola

de borracha após tuas poucas palavras,
a glória veio de imediato:
Pai, consegui fazer dez!

E assim tudo era feito na lapidação constante
pela calma com que me fazias caminhar,
na observação de teus movimentos
qual um discípulo prematuro, ou um pequeno bezerro.

Se a capacidade de amar na vida
vem do que se recebe na infância,
hoje, como o poeta russo,
sou um transbordamento, completo coração.

Pois tu não fostes meu guia, tampouco mestre,
mas esfera incandescente de afeto,
ou algo que um aglomerado de letras não atinge
mas que traz a substância do início de tudo.

Diante de tua imagem, hoje exposta na mesa,
aquilo que me surgia naquelas noites jovens,
quando o menino aguardava ser pleno
para entregar-se ao sono seguro,
tornou-se lágrima vertida com o peito imenso,
vontade de ser metade como tu fostes,
e garantia de que em qualquer fim de tarde,
como aqueles em que te aguardava ansioso,
alguma carícia minha lembre teu nome.

Elegia para Ericson Siqueira Pires

Vem de longe esse estranho canto,
de dentro da fenda dos gritos, nas palavras
em segredo sobre o que revela o rito
de um deus qualquer, ou nenhum.

Se fios nos ligam e neles correm afetos,
dores, prazeres, lágrimas, amigo, não eras
apenas tecelão, mas, ciranda de choques
que queimavam os ossos, a carne, a pele,
até virar perfume.

E esse manto que escolheste vestir, como
tantos outros que anunciavam tua chegada,
mãos, tecidos, lume que perseguias nas manhãs
e não encontravas, jamais encontramos,
mas, hoje, sei que não estava em outro lugar,
se não em ti, em nós, em todos.
Eis que vem de longe esse estranho canto,
chega, envolve, amena, se desfaz e cala.

Talvez, amigo, um dia continuaremos
(não agora) a escultura com essa substância
que conduz, no movimento força que és
entre fendas, sobre o concreto que
te destaca, nesse vento que hoje te leva
ao lugar onde tudo acaba
                                        E ali, amigo,
após o limite da explosão do princípio,
face ao nada que te necessita para ser tudo,
na provável continuidade do imenso movimento,
tu poderás, enfim, me dizer, onde nasce o sol.

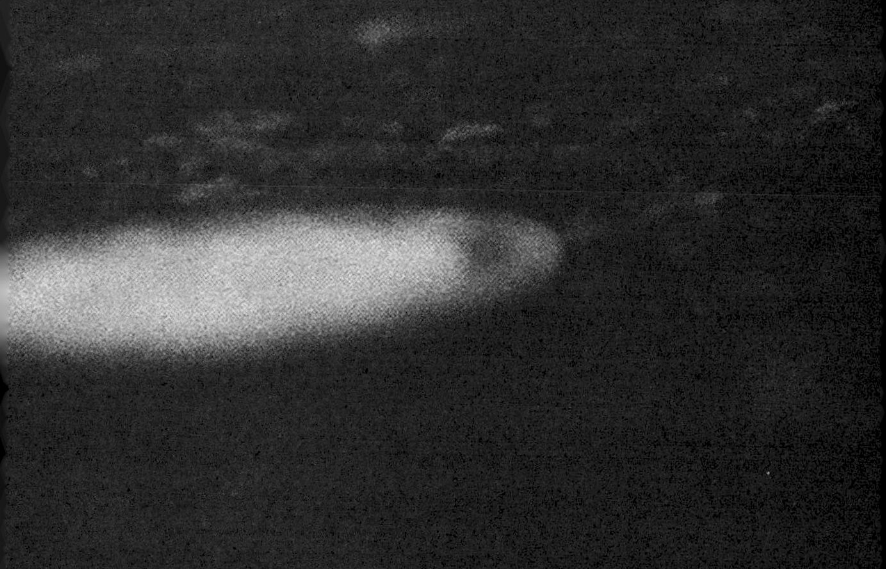

POSFÁCIO

Daniel Castanheira

o tempo não existe

daqui de 2013 o mundo já acabou. Só resta um enorme sem fim. Todos relevo e posição. Tudo espaço. O velho mordeu a língua e engole a cabeça. O sangue sobe pra cima. Desvia da narina esquerda e vence as rugas profundas da expressão tempestiva. Só resta o rastro e vai. Segue pela enorme planície desmatada pelo fogo. Índice que grava outras rugas e forma tantos montes e larga novas sobras e dobra outros relevos ainda. Da história ficou a topografia. Só espaço e posição

onde estamos, vocês?

sempre em movimento inventamos lugares. Já não há ruptura quando dançamos sobre fendas. As táticas são diversas e os corpos multidões. O espaço é o resultado do balé de cada objeto e há lugar pra todo mundo no meio da superfície lisa do sem fim. Tudo tragédia e alegria. Se dançamos aqui criamos um ponto e ali outro: mais pra cá, mais pradiante, mais longe, mais embaixo, mais pontos e mais. Parar é a morte e mesmo alguns mortos não param porque não sabem morrer. Aqui se trata da vida. Do desejo de vida que é o terreiro do amor. Esse lugar que está entre e não está. É e não é ser e não ser . Diversas questões

o amor brilha

somos tudo objeto e pisamos. O pé desliza, arrasta, bica, se estica, cria calos e cresce unhas. Enquanto mexe se inscreve na rés do chão e faz girar. É na gira que nasce o lugar rodando. Tentando cercar aquilo que escapa mas não vai muito longe já que tudo se alcança. Daqui já estamos longe demais pra se perder de vista o próximo chão que será.

olha ele ali

o pé de Pedro grava seu rastro quando recolhe os restos e escreve. Restos de Romas. Sobras de ruas. Resíduos de cantos. Raspas de sublime. Fragmentos de cidades. Corsos e amizades. O peito olha pra cima e costura. A sola rasga o chão. Pisa prensa e flutua. O peito quer o céu porque lembra do céu: memória de crepúsculos de quando havia noite e dia. Volta sola e venta travestido de abraço. Sua meta é física e seus fantasmas chutam. Todos viram fotografia em retratos íntimos

te conheço Pedro Lago esse teu lugar

com a ponta dos dedos vai cavando o pedaço. Reunindo as folhas no caminho. Uma perna fixa na base pra outra solta que varre circular. Vai catando as folhas pra dentro. Botafogo. Laranjeiras Santa Tereza Lapa Humaitá Ipanema. Nessa vem pedra vem fruta vem mato brabo. Vem castelo vem esquina. Ruínas de mundo que é Rio de Janeiro. Em meio aos escombros se escora em pilastras que termina por escorar

o tempo

olha em volta vê seu monte. Quando tarde muitos picos várias formas. Nunca é cedo no relevo do sim. Jamais é pouco. Sempre mais. Outra vez. De novo. Se afasta pro interior de todos os sins que aproxima todos os montes. Junta tudo tanto gosta dos versos e bota lá no meio do outono dos jardins de luxemburgo. A vizinhança escuta

é preciso inventar

LÁBIA GENTIL
poesia tecida
polinizações cruzadas
é na gira que nasce o lugar rodando
Rio de Janeiro, dois mil e quatorze.